PATACHOU

Tristan Derème

illustrations de Rébecca Dautremer

MAGNARD

QUE D'HISTOIRES !

Préface

Patachou, petit garçon a été écrit en 1929 par le poète Tristan Derème (1889 – 1941).
Ce livre, le seul ouvrage qu'il a écrit pour la jeunesse, nous parle de l'enfance d'une façon un peu particulière : il met en scène la vie d'un petit garçon de six ans, vue à travers le regard d'un adulte. Les treize chapitres que nous avons sélectionnés (la version originale en comportait une cinquantaine) fonctionnent comme de petits sketches, avec toujours, au moins, deux personnages principaux : le narrateur (le vieil oncle de Patachou) et Patachou, qui découvre le monde à sa manière.
Ces petites histoires se passent à l'époque dans laquelle vit Tristan Derème, dans les années 1920, une époque très différente de celle dans laquelle nous vivons aujourd'hui. Ceci explique que l'écriture, la langue utilisée semblent parfois complexes, et en tout cas très éloignées de la littérature de jeunesse contemporaine.

Patachou fait partie de notre patrimoine littéraire : nos arrière-grands-parents, nos grands-parents, nos parents... ont peut-être eu, un jour, la chance de le rencontrer. Je l'ai moi-même découvert grâce à mon père qui nous lisait, le soir à la veillée, les aventures de ce drôle de petit bonhomme un peu naïf et terriblement inventif et j'ai souhaité les faire partager aux enfants d'aujourd'hui.

Françoise Guillaumond

Patachou

Je connais un petit garçon. Il s'appelle Patachou.
Ce n'est pas, vous l'entendez bien, son nom de baptême ; mais un matin que la vieille cuisinière, à la campagne, préparait des choux à la crème, ce jeune enfant se glisse dans la cuisine, dévore la moitié de la pâte, puis s'échappe sur la pointe des pieds, après avoir tiré la queue du chat.
– Mes choux ! s'écrie la cuisinière.
On rattrape le gourmand. « Si tu recommences, lui dit-on de l'air le plus grave du monde, cette pâte gonflera dans ton estomac ; tu deviendras toi-même pâte à chou, et l'on te mangera. »

Il a été fort inquiet. De temps en temps, il se regardait dans les glaces, pour être sûr qu'il n'enflait point. Enfin, il a dit à sa mère : « Je ne suis pas pâte à chou ? » Il était au point de[1] pleurer. On l'a grondé en le consolant. On l'appelle Patachou.

Il tutoyait tout le monde. « Il faut dire *vous* aux grandes personnes. » On le lui a répété cent fois. L'oncle Philippe est venu passer huit jours à la campagne. Il chasse. Il a un grand fusil et une manière de chapeau tyrolien.

– Vous avez un chapeau poinvous… lui dit Patachou.

– C'est un chapeau tyrolien, lui confie l'oncle Philippe.

– Oui, mais c'est un chapeau poinvous.

– Poinvous ? Que veux-tu dire ?

– Maman m'a dit de ne pas vous dire *tu*… Si je te disais *tu*, je te dirais que tu as un chapeau pointu. Mais maman me l'a défendu. Alors vous avez un chapeau poinvous. […]

1. sur le point de.

Patachou et la lune

C'est ce petit garçon dont je vous parlais l'autre semaine. On me l'a confié pour un mois ; son père et sa mère voyagent en Espagne. Nous leur écrivons tous les jours. [...]

– Patachou, il faut écrire à ta maman.

Nous allons porter la lettre à la poste. Patachou embrasse l'enveloppe en disant : Bonjour, maman.

– Tu vois, ta maman est à Valladolid.

– Alors Valladolid est derrière ce petit trou ?

– Oui ?

– Mais, hier, elle était à Burgos, et nous avons mis la lettre au même endroit. C'est Burgos, hier, qui était là derrière ?

– Je veux dire…

Il rêve un instant, puis :

– J'ai compris. C'est que la terre tourne.

Il est content. Il croit voir, tour à tour, passer toutes les villes d'Espagne derrière la boîte aux lettres. La Terre tourne autour de lui. Patachou est le centre du monde. […]

Tout est à Patachou, le soleil, les étoiles et même la lune. Nous avions voyagé toute une journée pour venir à Passy. Nous avions traversé la France. Au crépuscule, Patachou, le nez à la vitre du wagon, pousse un grand cri :

– La lune !

– Oui, c'est la lune.

– Elle m'a suivi.

L'étoile de Patachou

Sur sa chaise, Patachou hisse un tabouret, un coussin sur le tabouret, son jeu de l'oie sur le coussin. Sans qu'il s'en doute, je le contemple par-dessus mon journal. Il regarde autour de lui ; il ne découvre aucun autre objet [...]. Alors, il entreprend de grimper au plus haut du mouvant[1] édifice. Dans sa cage, le canari se méfie et le surveille.

– Où vas-tu, Patachou ?

Il voulait aller dire, avant de se coucher, un secret à l'oreille de l'oiseau.

– Patachou, ne seras-tu donc jamais raisonnable ?

– Si ! l'année prochaine, le jour que j'aurai sept ans.

Je le prends dans mes bras. Au lit ! Au lit ! Il va être neuf heures. À ton âge, j'étais couché depuis longtemps. À l'heure qu'il est, j'avais déjà fait au moins deux rêves.

– Tu n'aimes donc plus à rêver que tu te couches si tard ?[2]

1. qui bouge, qui n'est pas solide.
2. C'est parce que tu n'aimes plus rêver que tu te couches si tard?

Il fait la moue. Je vous ai dit qu'on me l'avait confié pour un mois, et il n'a qu'à montrer cette petite mine triste pour qu'aussitôt je veuille tout ce qu'il veut. L'autre soir, il m'a demandé une étoile. Je lui ai dit que, peut-être, avec un filet à papillons, qui aurait un très long manche… Enfin, je lui ai promis que j'attraperais une étoile et que je la poserais sur le coin de son oreiller. Dix minutes après, il dormait doucement. Mais au réveil :

– L'étoile ! criait-il. Où est l'étoile ?

– Ne vois-tu pas qu'il fait jour ? Elle est repartie. Il fallait t'éveiller plus tôt. Elle était là, près de ta joue. Tu aurais pu la prendre dans ta main.

Il m'a répondu : « La prochaine fois, tu la mettras dans une petite boîte. Elle ne pourra plus s'en aller. »

J'ai encore fait ce qu'il voulait. Nous avons une petite boîte. « Ne l'ouvre pas, lui dis-je. L'étoile s'échapperait. » Il tourne la boîte et la retourne : « Elle ne pèse pas beaucoup, ton étoile ! »

Mais il est très fier de son trésor. […]

– Nous l’emporterons en vacances, m’a-t-il dit.
– Tu veux la mettre aux bagages ?
– Oh ! non. Je la garderai près de moi, dans le wagon. Si le contrôleur savait que j’emporte une étoile... Peut-être qu’on pourrait un peu ouvrir la boîte dans les tunnels ?...

Maintenant, son étoile l’inquiète. Si ce n’était pas une vraie étoile... [...]
Il a ouvert la boîte. Pas d’étoile ! Il pleure.
– Mais si ! lui dis-je ; je l’ai à peine vue, mais je l’ai vue. Elle a filé dès que tu as soulevé le couvercle. Tiens ! regarde au-dessus du marronnier : elle monte.
Il écarquille ses yeux pleins d’espoir et de larmes.
– Tu ne peux plus la voir, lui dis-je. Elle est trop loin. Regarde le ciel : elles y sont toutes et nous n’en apercevons aucune. Ah ! s’il faisait nuit !... Je t’en attraperai une autre.
– Je veux la même.
Patachou, nous avons tous notre petite étoile. C’est un beau rêve, et ce n’est rien.

Patachou et la planète

– Que fais-tu, Patachou ?

À plat ventre dans le jardin, de temps en temps, il applique son oreille sur le sol.

– Tu écoutes si les Indiens arrivent ?

Dans sa main droite, il tient un petit morceau de bois que, tout à l'heure, il m'avait demandé d'aiguiser ; et, de ce pic barbare, il creuse la terre ; puis il écoute encore. Une carafe pleine d'eau est près de lui.

– N'arrache pas mes géraniums ! Et me diras-tu ce que tu fais ?

– Chut ! j'écoute le grondement du feu central. Mais je n'entends rien encore. Je creuse. Si les flammes paraissent, je vide la carafe dans le trou. Il ne faut pas que tu aies peur, j'ai pensé à tout.

Allez donc enseigner la géologie aux enfants ou leur en dire seulement quelques mots vagues ! Depuis que Patachou, dans mon vieil atlas, a vu la figure étrange de la Terre : un globe de feu sous une écorce, il ne pense plus qu'à percer notre malheureuse planète.

– Tu n'es pas étonné, lui ai-je demandé, que dans la Terre il y ait du feu ?

– Non ; c'est comme dans les locomotives et dans les automobiles ; et c'est ce feu qui fait marcher la terre.

[...]

Je ne sais pourquoi je lui ai conté, un soir, que toute la Terre n'était pas au même instant noyée dans la nuit et qu'au moment où Patachou se couche à Passy, c'est l'heure où, de l'autre côté du monde, un autre Patachou s'éveille.

– Alors, il y a deux Patachou ?...

Il était désolé ; car il tient à demeurer un personnage unique en l'univers [...] et croit, par exemple, que le jour de sa fête n'est inscrit que pour lui au calendrier. C'est lui que l'on fête dans le monde entier. Je lui ai expliqué que d'autres personnes portent le même prénom. Il a compris, mais n'en a certes éprouvé aucun plaisir.

Au fond du puits, qui est fort profond, on voit en plein jour les étoiles. [...]

– J'ai compris, me dit Patachou, qui se penche sur le gouffre, tandis que je le tiens par sa petite ceinture. J'ai compris… Il a toujours compris.

– Qu'as-tu compris, Patachou ?

– Ici, me répond-il, il fait jour et il n'y a aucune étoile. Mais là, au fond, ce noir, c'est la nuit de l'autre côté, et nous voyons les étoiles de Chine. Ton puits perce la terre ; et si tu me permettais d'attendre jusqu'à demain, peut-être qu'à l'autre bout, quand je serais au clair de lune, je verrais l'autre Patachou…

Les yeux fermés de Patachou

Nous avons dîné. De belles bûches emplissent la cheminée de flammes qui dansent et qui se reflètent dans les yeux de Castor. Castor, c'est mon chien. Il est couché devant les chenets[1], les pattes croisées, et nous regarde. Sur la grande table, j'ai traîné une montagne de livres. J'ai débouché mon encrier. Je voudrais bien travailler.

– Patachou ! Au lit, Patachou ! Il est l'heure de prêter les yeux aux aveugles.

C'est Rameline, la vieille servante, qui parle ainsi, et, comme tous les soirs, elle prononce la même phrase, que l'on dit encore au Béarn[2], quand l'heure est venue de coucher les petits garçons et les petites filles. Il faut prêter les yeux aux aveugles. Le marchand de sable est passé.

Mais cet invisible marchand est bien en retard aujourd'hui ; et je vous assure que Patachou ne sent nul grain de sable sous ses paupières ; il ne songe pas du

1. supports en métal qui servent à poser les bûches dans la cheminée.
2. ancienne province du Sud-Ouest de la France.

tout à fermer les yeux pour dormir. Castor, qui aspire à sommeiller devant le feu, en est comme tout indigné. [...]

– Viens, Patachou ; je t'accorde une demi-heure de sursis. Nous allons jeter une lettre à la poste.

Il fait nuit dans la rue. Des ombres passent. Des gens suivent les trottoirs mélancoliques. Patachou les regarde avec étonnement.

– Ce sont les aveugles, me dit-il.

– Comment ?

– Oui, tu sais bien, chaque fois qu'un petit garçon s'endort, il prête ses yeux à un aveugle. Alors comme, en ce moment, beaucoup d'enfants dorment déjà, les aveugles peuvent se promener.

Après un silence, Patachou reprend :

– Tu veux que nous revenions vite à la maison ?...

– Mais ma lettre...

– Je veux dormir.

– Comment, tu veux dormir ?

– Oui, parce que mon aveugle attend. Il voudrait bien sortir et nous le retardons.

– Mais où est-il ton aveugle ?

– Je ne sais pas. Les petits garçons ne connaissent pas leur aveugle. Le mien est peut-être en Océanie. Rentrons ; et tant pis pour ma lettre. On pourra bien l'attendre un jour. Allons prêter les yeux aux aveugles !

Patachou, qui me tient la main, trébuche. Je le regarde : il marche les yeux fermés.

L’esturgeon de Patachou

Nous sommes allés passer un jour au bord de la mer, chez mon vieil ami Jérôme, qui a pris sa retraite et qui amuse ses journées à pêcher les crevettes. Il a une grande barbe blanche et, s’il portait un trident, on le prendrait pour Neptune. […]

Patachou contemple Jérôme avec étonnement et admiration. Ce vieux monsieur, qui vit dans l’eau, l’enchante.

– Que faites-vous, quand vous ne pêchez pas ?, lui demande-t-il.

– Je loue des poissons, répond Jérôme, qui vers moi glisse un sourire. Au Jardin d’Acclimatation, on loue des chèvres, des chevaux, des chameaux et jusqu’à l’éléphant. Ici, je loue des poissons.

– On peut monter dessus ?

– Imprudent ! Tu te noierais. Mais je puis te louer un poisson pour l’après-midi. Il sera à toi, jusqu’au lever de la lune. Où qu’il aille, et même s’il glisse entre les coraux et les éponges, s'il contemple la perle dans les huîtres entr'ouvertes et s'il donne un coup de queue à un crabe, il sera à toi.

– Je veux un poisson ! s'écrie Patachou.

– Mais lequel ? continue Jérôme. Nous avons des soles, des requins, des esturgeons, des baleines…

Patachou voudrait bien une baleine. Il me regarde ; il craint que ce ne soit trop cher. Il demande un requin.

– Songe que c'est grave, déclare Jérôme. Si, dans l'après-midi, ton requin dévore mes autres poissons, tu devras me les payer.

Patachou me regarde encore ; il hésite et demande un esturgeon. Jérôme détache une page de son carnet et signe un reçu[1], tandis que je lui remets un sou, en proclamant que tout est hors de prix.

– Pourquoi as-tu choisi un esturgeon, Patachou ?

– Parce que l'esturgeon remonte les fleuves. Quand il va savoir qu'il est à moi, il rentrera, peut-être, avec nous à Paris, par la Seine.

De temps en temps, il nous dit :

– J'ai un esturgeon !... Pourvu qu'il ne soit pas malade.

Le crépuscule approche ; Patachou est mélancolique[2]. Mais le bienveillant Jérôme accepte de lui louer l'esturgeon pour la vie... J'ai promis d'envoyer un chèque.

– J'ai un esturgeon ! Ce furent les premiers mots de Patachou à Rameline, quand nous eûmes regagné Passy.

– Il faut le faire cuire ! répondit la vieille servante.

Patachou l'a considérée avec le dédain[3] le plus magnifique. Il a un esturgeon.

1. écrit sur lequel une personne reconnaît avoir reçu une certaine somme d'argent.
2. un peu triste, pensif.
3. mépris.

Patachou et les poissons rouges

Une belle lumière entre par la fenêtre ouverte ; il fait soleil ; l'air est tiède et trois moineaux piaillent dans le marronnier vert. Patachou, tout barbouillé de savon, se frotte le cou et les oreilles.

– Savonne ! Savonne, Patachou !

Mais soudain il me dit :

– Je vais faire une grande expérience.

Il enfonce sa tête dans l'eau de la cuvette et j'entends un vacarme étouffé, je ne sais quels cris de corbeau qui sont à la fois des glougloutements. Patachou lève le nez, éternuant, toussant et poussant les plus étranges grognements du monde. Les moineaux, épouvantés, s'envolent.

– Eh bien ! Patachou ? Tu voulais faire le lion de mer ?… Tu ne sais donc pas que ni les enfants ni les grandes personnes ne sont faits pour respirer sous l'onde[1].

Mais il me répond gravement : « Je te dis que c'est une expérience. Je voulais savoir pourquoi les poissons ne parlent pas. Je le sais maintenant. C'est qu'ils ne peuvent pas. S'ils parlaient dans l'eau, ils s'étoufferaient. Ils se noieraient. Je le vois bien. »

Il éternue. « Je ne voudrais pas être poisson » dit-il.

Patachou a un grand amour pour les poissons. Il faut que je vous confie qu'à deux pas de chez moi, se trouve la boutique d'un marchand de poissons. À chaque instant, Patachou me prenait par la main :

– Allons voir les poissons, me disait-il.

Peut-on rien refuser à Patachou ? J'abandonnais mon livre ou mon journal et nous sortions pour contempler l'étalage de notre voisin. Poissons rouges, poissons blancs, poissons bleus, poissons noirs, poissons qui balancent dans l'eau de longs voiles transparents,

1. l'eau.

Patachou les admirait et, pour mieux les voir, peut-être, il ouvrait la bouche en les regardant.
– Ferme le bec, oiseau Patachou ! Si le poisson y entrait…

Il riait :
– Tu sais bien, disait-il, que les poissons ne peuvent pas se promener en l'air !
– Et si c'était un poisson volant ?…
Vite, Patachou fermait la bouche. […]
– Quand je serai grand, je serai scaphandrier.
– Et pourquoi donc, Patachou ?
– Pour vivre au milieu des poissons. Je tirerai la queue des requins et je saurai tous les secrets des esturgeons.
Je lui ai promis de le faire entrer plus tard à l'école des scaphandriers ; et pour le consoler, en attendant ces jours lointains, j'ai acheté pour lui un beau poisson rouge. Il est rouge comme un coquelicot, rouge comme une cerise, rouge comme la crête de notre vieux coq. On dirait une flamme qui glisse dans l'eau.

Il est installé maintenant dans la chambre de Patachou. Il tourne et tourne dans l'eau ensoleillée.
– Peut-être qu'il cherche la porte du bocal, dit Patachou.

Nous l'avons présenté à Castor, notre chien.
– Tu crois que cela fera plaisir à Castor ? m'avait demandé Patachou. Il sera bien étonné. Il n'a jamais dû voir un animal rouge. Est-ce qu'il y a des chiens rouges ?
Castor, devant notre nouveau pensionnaire, a marqué la plus grande indifférence.
– Je pense qu'il le méprise.
– Je sais pourquoi, dit Patachou. C'est que le poisson n'a même pas de pattes.
Et, tout à coup :
– J'ai compris !... Autrefois, tous les animaux vivaient dans la mer. Mais ils devaient un peu s'ennuyer, ceux surtout qui étaient bavards, comme les rossignols qui, maintenant, chantent toute la nuit. Alors les oiseaux se sont envolés ; les lièvres, les chiens, les girafes, les porcs-épics ont couru jusqu'à la rive. [...] Et dans l'eau, il n'est resté que les pauvres poissons. Ils n'ont jamais pu s'en aller : ils n'avaient pas de jambes.
Nous avons transporté le poisson rouge sur la table et, pendant que nous déjeunons, Patachou continue

de m'expliquer ce chapitre de l'histoire du monde ; et tandis que je regarde au plafond, il vide le sucre en poudre dans son verre d'eau. L'eau sucrée est pour lui l'un des plus douces délices. Eh ! oui, il faut dire : l'un des plus douces délices… Mais dès la première gorgée, il pousse des cris ; il tousse ; il éternue encore. Il s'est trompé : c'est la salière qu'il a vidée dans son breuvage.

– Te voilà bien puni, lui dis-je.

Il se tait ; et soudain, s'adressant au poisson :

– Tu en as de la chance, de n'être pas poisson de mer ! Si tu savais le goût de l'eau salée… […]

La montre de Patachou

Patachou regarde la pendule avec admiration. Je lui ai expliqué que cet instrument nous permet à chaque instant de savoir l'heure qu'il est et de régler notre petite existence quotidienne. Mon discours ne lui a point suffi. Il contemple l'aiguille qui tourne sur le cadran.[…] L'autre jeudi, je l'avais emmené dans la forêt. Le long du chemin, il ramassait de petits cailloux qu'il mettait dans sa poche.

– Que fais-tu, Patachou ?

Il a un peu rougi, puis il m'a dit :

– Si j'étais le Petit Poucet…

– Crois-tu que j'aie jamais songé[1] à te perdre dans les bois ?

– Oh ! non. Mais si tu me perdais sans le vouloir… Tu as bien perdu ton parapluie, la semaine dernière, et tu n'as pas fait exprès de le perdre.

Patachou a jeté ses cailloux et m'a promis de n'avoir plus de telles pensées ni de se comparer à un parapluie.

1. pensé, voulu.

Nous sommes au milieu de la forêt ; il y a longtemps que nous marchons ; ce n'est autour de nous qu'une immense verdure ; Paris est oublié.

– Nous sommes très loin, dit Patachou... Peut-être que nous allons voir passer des druides...

C'est ainsi que pour lui l'espace, c'est le temps, et le temps, c'est l'espace. [...]

Patachou m'a dit :

– Si tu ne remontais pas la pendule, il n'y aurait plus d'heure...

Je lui ai offert une petite montre. Il écoute le tic-tac.

– Tu vois, lui dis-je, si elle s'arrête, avant de la remonter, il ne faut pas faire tourner les aiguilles de droite à gauche ; les heures s'envolent dans l'autre sens.

Quand je suis revenu, il était assis sur le perron. Une coquille d'œuf sur les genoux, sa montre dans les mains, il parlait au poussin, qui est né avant-hier et qui est un fils de Clytemnestre, notre poule noire. Le poussin, au demeurant, ne semblait l'écouter guère.

– Tu y rentreras, lui disait Patachou.

– Où, Patachou ?

– Dans la coquille ! Puisque je fais tourner les aiguilles dans le mauvais sens, le temps marche à reculons. Quand j'aurai tourné comme deux jours à l'envers, le poussin sera de nouveau dans l'œuf, puisque, il y a deux jours, il n'était pas né.

– Mais toi, Patachou, tu vas aussi redevenir tout petit, et pour la même raison.

Il m'a lancé un regard superbe et m'a dit :

– Oh ! non ; c'est moi qui gouverne[1] : la montre est à moi.

1. qui décide, qui commande.

La sarigue de Patachou

– Tu voudras m'acheter une sarigue[1] ?

C'est Patachou qui parle ; et que pourrais-je lui répondre, sinon que je voudrais bien lui acheter une sarigue. Mais où y a-t-il un marchand de sarigues ?

– Patachou, je t'assure que cet animal ne court pas les rues. Je ne l'ai jamais rencontré qu'aux pages des livres.

– Aux Halles, peut-être… insinue Patachou.

– J'en doute ; et nous n'y trouverions, en tout cas, qu'une sarigue toute prête pour la broche ou le salmis[2]. Mais mange-t-on les sarigues et comment les mange-t-on ? Enfin, ce serait une sarigue morte.

– Oh ! non, répond Patachou, je ne veux pas que ma sarigue soit morte !

Ma sarigue ! Déjà, elle est à lui. Je ne sais point ce qu'est cet accès de sariguophilie. Je le devine un peu pourtant. J'avais dit à Patachou que les sarigues ont, sous le ventre, une manière de poche. Les petits jouent dans l'herbe, autour de la maman sarigue.

1. petit mammifère à queue longue.
2. plat de viande (gibier rôti), servi avec une sauce spéciale.

Y a-t-il quelque danger ? Hop ! les enfants sautent dans la poche, et la sarigue s'en va…

–… Comme un petit autobus, plein de petits voyageurs, ajoute Patachou.

–… Ou comme un petit navire qui emporte ses petits canots. […]

– Lorsque la sarigue part en voyage, dit-il, elle monte en wagon ; mais elle ne prend jamais de billet pour ses petits. Quand le contrôleur passe, ils se cachent tous dans la poche.

– Je t'assure, Patachou, que les sarigues ne sont pas si malhonnêtes ; d'ailleurs on les rencontre rarement dans les trains. Mais que ferais-tu d'une sarigue ? Tu crois que c'est un bon animal, comme ton lapin blanc, qui remue le nez en mangeant des queues de carotte. Apprends, Patachou, que la sarigue est un carnivore, et même un carnassier. Je la nomme ainsi non pas seulement parce que, faute de cheminée, de gril ou de poêle, elle mange de la viande crue, mais parce qu'elle tue elle-même les bêtes qu'elle veut dévorer. Si elle te mordait la jambe…

Patachou songe un instant, puis il me dit :
– Je connais un carnassier aimable. Il tue les bêtes et il les mange. Mais il tue des bêtes trop grosses pour son appétit. Alors, ce qu'il ne peut pas manger, il le vend.
– Quel est ce carnassier ?
– C'est le boucher.
– Tu ne crois pas, reprend Patachou, que les sarigues sont très heureuses ?... Elles n'ont pas besoin de s'habiller, pour avoir une poche.

Ah ! qui dira, pour Patachou, l'importance de la poche ! Le jour qu'on lui fit une culotte avec des poches, il était tout rayonnant. Je suis un homme, pensait-il. Dans ses poches, il est souverain[1] ; c'est là que s'épanouit[2] son droit de propriété ; il y fourre un sucre d'orge, des cailloux et son sifflet. Une bête à poche lui paraît bien digne d'estime.
– Quand je serai grand, dit-il, moi, j'irai où il faut et je te rapporterai une sarigue. Elle fera nos commissions. On lui attachera une liste au collier, et elle ira toute seule dans les magasins. Elle reviendra, la poche pleine.

1. roi.
2. commence et grandit.

– Il faudra, Patachou, que tu lui achètes un plan de Paris et un joli porte-monnaie.

Le lapin de Patachou

Il est tout blanc. Quand il est au fond du jardin, on croit voir un gros flocon d'ouate, mais muni de quatre pattes et pourvu de deux oreilles. Il est blanc comme la neige ; il évoque toute la Laponie. Nous l'avons appelé Lapon.

– Bonjour, Lapon lapin, lui dit Patachou.

Lapin Lapon ne daigne pas répondre.

Rien ne doit déranger le lapin quand il dîne.

Il dévore une feuille verte de laitue. Il remue le nez ; et, même entre les festins, ses narines s'agitent encore.

– Heureusement, murmure Patachou, qu'il n'a pas une trompe ! S'il était éléphant, il serait bien fatigué.

Il a fini son repas. Maintenant, ses deux petites pattes relevées, il fait le kangourou. Puis, doucement, il caresse son museau. On dirait qu'il veut friser les quatre poils de sa moustache raide.

Nous nous approchons de lui. Il nous regarde de son œil rouge, où il a enfermé toute la lumière des soleils couchants.

– Tu sais, dis-je à Patachou, qu'avec l'autre œil, il regarde de l'autre côté. Chut ! Ne tente pas de l'imiter. (Voilà déjà Patachou qui louche.) S'il avait un pigeon à sa droite et une cage à sa gauche, il verrait le pigeon et la cage, tandis que toi tu verrais le pigeon dans la cage, Patachou ; car ta petite tête réunit en une seule les images que lui fournissent tes yeux. Sinon, quand tu me regardes, et puisque tu as deux yeux, tu me verrais deux nez.

– Au fond, conclut Patachou, ce lapin est très en retard.

– Non point[1] ; il est construit autrement. Si tu avais un œil derrière la tête, et un autre sur le front [...]...

– Je ne pourrais pas mettre des lunettes sur mon nez, comme tu fais. Je les mettrais peut-être sur mon oreille...

– Le pince-oreille après le pince-nez... Mais si tu voyais ainsi la Seine, par-derrière, et la tour Eiffel,

1. non, pas du tout.

par-devant, il te faudrait bien ne pas mêler les deux images.
– C'est peut-être pour cela que Lapon ne parle pas. Comme il voit plusieurs choses à la fois, il ne sait plus de laquelle il devrait parler d'abord. Il se tait. [...]
Comme nous distribuons des miettes de pain aux moineaux, le lapin s'est assis au milieu d'eux. Il les regarde avec douceur. Les moineaux crient. Le torse dressé, les pattes hautes, il frotte son nez lentement. Il a l'air d'un blanc patriarche. Il lève et abaisse ses oreilles, comme des ailes.
– C'est peut-être, me dit Patachou, le père de tous ces moineaux.
Nous sommes à table ; on va bientôt servir le dessert. La lune s'est levée ; pourtant Lapon erre sous le marronnier. Comment ce lapin n'est-il pas encore couché ?
– Si c'était un lapin de garde... dit Patachou.
– Que fais-tu, Patachou ? Veux-tu devenir lapin ? Voilà un moment que tu me regardes sans rien dire, en remuant le nez.
– C'est, me répond-il, que je voudrais un peu plus de salade.

La girafe de Patachou

– Tu voudras m'acheter une girafe ?

Patachou est insatiable. C'est lui, vous n'en doutez point, qui me demande une girafe.

– Patachou, lui dis-je, il faut être un peu raisonnable. Je t'ai attrapé une étoile…

– Je l'ai laissée s'envoler !

– Je t'ai loué un esturgeon…

– Je ne le vois jamais !

– J'ai fini par te promettre une sarigue…

– Oui, mais tu ne me l'as pas encore donnée !

– Et maintenant, tu voudrais une girafe ! Que ferais-tu d'une girafe ? Il nous faudrait faire un trou au toit du wagon, pour notre prochain retour à Paris, afin qu'elle y pût passer la tête et qu'elle ne voyageât pas le cou tordu. Elle se casserait une corne au premier tunnel. Et à Paris ? Exiges-tu encore que l'on fasse un trou au plafond de notre appartement et que ton animal, les pieds sur notre tapis, broute les pantoufles vertes de

3
A
2
B
C
0
1er étage

notre voisin d'en haut ? Non, tu n'auras pas de girafe ! Ni d'éléphant ! Car je parie que tu médites[1] de me demander aussi un éléphant…

– Non, non, répond tranquillement Patachou ; je voulais seulement une girafe.

[…] Nous vivons depuis un mois à la campagne. Hier, un cirque est passé, qui s'arrêta pour la soirée à la petite ville voisine. Patachou admirait les écuyères sur les chevaux bienveillants ; il avait peur des clowns ; mais ce qui l'enchanta, ce fut la girafe. Car il y avait une malheureuse girafe.

– Tu vois, dis-je à Patachou, elle a les pattes de devant plus longues que celles de derrière.

– Oui, elle est en pente.

– Sais-tu dans quel pays vivent les girafes ?

– La girafe, répond Patachou gravement, est une bête polaire.

– Tu n'y penses pas, Patachou !

– Si ! Elle est faite pour vivre sous les averses de neige : elle est en pente, comme ton toit, et c'est pour que la neige ne lui reste pas sur le dos.

1. tu penses, tu fais le projet de…

J'ai beau déclarer à Patachou que la girafe est un animal d'Afrique, il n'est pas satisfait.
– Alors, me dit-il, pourquoi est-elle en pente ?
Au fait, pourquoi la girafe est-elle en pente ? Pour brouter les feuilles au sommet des arbres, je l'entends bien, mais si ses pattes de derrière se trouvaient plus longues, ses pattes de devant n'en seraient pas plus courtes. Patachou me lance toujours en quelque rêverie et il faudrait, à tout instant, démêler pour lui l'un des mystères du monde.
– Peut-être, me dit-il, que la girafe est ainsi faite pour être plus vite assise…
– Eh ! Eh…
– Alors tu pourrais bien m'en acheter une. Nous la ferions asseoir sur la banquette du wagon et puis, à Paris, sur le canapé du salon. Comme cela, tu ne peux plus dire qu'elle serait trop grande.

Patachou et la rime

Patachou a découvert la rime. [...]

Comme je lui lisais *La Cigale et la Fourmi*, il a remarqué des sons qui revenaient et que si la fourmi n'était pas prêteuse, la cigale était emprunteuse. Il répète : Teuse, teuse... Il me regarde. Il est fort étonné ; puis :

– C'est comme dans les chansons...

Il avait entendu bien des chansons que l'on fredonnait naguère encore pour l'endormir :

C'est la poule noire,
Qui est dans l'armoire,

et la poule verte, qui courait dans l'herbe, et la poule blanche, qui est dans la grange, et toutes les autres poules, qui sont de toutes les couleurs et que l'on rencontre dans les endroits les plus étonnants – poule violette... dans la boîte aux lettres, – mais il était bercé par la musique ou la musiquette et n'avait pas démêlé que, de temps en temps, certains mots se saluaient entre eux en enlevant le même chapeau.

– Il en a de la chance, ce Monsieur La Fontaine ! me dit-il. Suppose qu'on n'entende les cigales qu'en hiver ; il aurait dû dire :

La cigale ayant chanté
Tout l'hiver.

Cela n'aurait pas du tout marché.

– Oui, Patachou, les poètes sont bien heureux que les cigales chantent en été ; sinon ils devraient composer des vers affreux, comme ceux-ci :

Une cigale ayant chanté
Dans la saison neigeuse où l'on pleure l'été…

Ne t'y trompe pas : il est beaucoup de vers qu'on a construits de la sorte…

– Que fais-tu, Patachou ?

Il est au fond du jardin. Il est tourné vers la maison et, de temps en temps, il pousse un petit cri. Il écoute ; puis il rit.

– Je fais le poète ! me répond-il. Cela n'est pas bien difficile. Dès que j'ai dit un mot, on me donne la rime. Mais il faut crier assez fort.

C'est l'écho, c'est la poésie.

– Tu ne crois pas si bien dire, Patachou ; et, sans le savoir, tu parles par figure[1].

Nous sommes sortis, et voici que, dans la rue, il tombe en arrêt devant une boutique.

– C'est la maison d'un poète ! Des vers ! s'écrie-t-il.

– Peste ! Toute une strophe !…

Et Patachou lit :

Pâtisserie
Confiserie
Vins
Fins.

1. image.

Les bulles de savon

– Je voudrais une paille ! disait Patachou.
– Prenez une paille du balai, lui répondait la bonne Rameline.
– Mais non, je voudrais une paille pour souffler dedans ; et puis vous me donneriez un peu d'eau et du savon.
Une paille ! Une paille !… Tout le monde n'a point une paille ; et j'ai eu beau faire le recensement[2] de nos trésors et richesses, je n'ai pas trouvé une paille dans la maisonnette. Mais Rameline est ingénieuse[3], et voilà maintenant Patachou assis sur le perron, à côté d'un bol plein d'une eau savonneuse. Il fait des bulles. Les navires sont plus légers que l'eau, sinon ils s'enfonceraient dans la mer.
– Qu'en déduiras-tu, Patachou ?
– Que les oiseaux sont plus légers que des bulles.

Mais la paille, direz-vous ? Rameline lui a donné un

2. inventaire, compte détaillé.
3. maline.

macaroni et Patachou souffle dedans. Il est émerveillé ; les bulles s'envolent, montent, se brisent. [...]

– Où sont-elles ? dit Patachou.

Il ne comprend pas comment elles peuvent disparaître de la sorte.

– Si je cassais, me dit-il, une carafe, nous en verrions les morceaux par terre. Où sont les morceaux de la bulle ? [...]

– Les bulles, dit-il, sont plus légères que l'air.

– Tu crois ?

– Oui, je le crois ; autrement elles ne pourraient pas rester en l'air ; on les verrait toujours par terre, comme le chat et comme toi.

– Regarde les moineaux, Patachou. Tu vois bien qu'ils se posent et qu'ils marchent dans le jardin, comme le chat dont tu parles et comme toi. S'ils étaient si légers, ils ne pourraient jamais descendre...

– Tu es sûr que, par terre, avec leurs petits doigts, ils ne s'accrochent pas aux cailloux, pour ne pas être emportés en l'air, comme des bulles ?

– J'en suis sûr. Et s'ils étaient plus légers que l'air, ils seraient fort malheureux : leurs œufs seraient doués, sans doute, de la même qualité et partiraient vers l'azur comme de petits ballons blancs.

– Oh ! la mère moineau n'aurait qu'à faire son nid à l'envers. Sous ce petit toit rond, elle abriterait les œufs. Ils ne pourraient pas passer au travers ; et puis, ils seraient ainsi à l'abri de la pluie ; et s'il arrivait un renard, vite, elle retournerait le nid, et l'on verrait aussitôt le père, la mère et les œufs flotter entre les nuages.

SOMMAIRE

« Que d'histoires ! CE2 »,
animée par Françoise Guillaumond.

Les Éditions Magnard remercient Mme de Lestapis
pour son aimable collaboration.

Couverture : Delphine d'Inguimbert et Valérie Goussot
Conception intérieure : Julie Pauwels – Réalisation : Christel Parolini

20, rue Berbier du Mets - 75013 Paris
www.magnard.fr

Loi n° 49-956 du 16-07-1949 sur les publications destinées à la jeunesse.

Dépôt légal : mars 2004 - N° d'éditeur : 2004/134
Imprimé en France en mars 2004 par Pollina, 85400 Luçon - n° L93050